星星草
绘本

[奥地利] 玛丽亚・韦泽 文
[奥地利] 卡罗琳娜・诺伊保尔 图
罗亚玲 译　高湔梅 审校

荨麻胡子国王

荨麻胡子国王

QIANMA HUZI GUOWANG

上海市版权局著作权合同登记号 图字09-2015-1150号

图书在版编目(CIP)数据

荨麻胡子国王 / (奥地利) 玛丽亚 · 韦泽 (Maria Wieser) 文 ; (奥地利) 卡罗琳娜 · 诺伊保尔 (Karoline Neubauer) 图 ; 罗亚玲译. - 上海 : 上海教育出版社, 2016.8

(星星草绘本. 自然世界绘本)

ISBN 978-7-5444-7057-5

Ⅰ. ①荨… Ⅱ. ①玛… ②卡… ③罗… Ⅲ. ①儿童文学 - 图画故事 - 奥地利 - 现代 Ⅳ. ①I521.85

中国版本图书馆CIP数据核字(2016)第170742号

自然世界绘本

荨麻胡子国王

作　者	[奥地利]玛丽亚 · 韦泽 / 文 [奥地利]卡罗琳娜 · 诺伊保尔 / 图	**地　址**	上海市永福路123号
		邮　编	200031
译　者	罗亚玲	**发　行**	上海世纪出版股份有限公司发行中心
策　划	自然世界绘本编辑委员会	**印　刷**	上海中华商务联合印刷有限公司
责任编辑	王爱军	**开　本**	889 × 1194 1/16
助理编辑	钦一敏	**印　张**	2.25
美术编辑	陈　芸	**版　次**	2016年8月第1版
出版发行	上海世纪出版股份有限公司 上 海 教 育 出 版 社 易文网 www.ewen.co	**印　次**	2016年8月第1次印刷
		书　号	ISBN 978-7-5444-7057-5 / I·0069
		定　价	28.00元

在一个小小的、不知名的国家，有一位国王，他的名字叫**荨麻胡子**。荨麻胡子国王是一个**耀武扬威**、凶残歹毒的**统治者**。而且，他的模样看上去就让人害怕。

他的脸是**绿色的**，绿得像豌豆汤。他的下巴上长满了粗壮的荨麻。如果有谁不小心靠他太近，就会被狠狠地扎一下！伤口火辣辣地痛，**非常可怕**。

这个国王禁止百姓做任何美好的事情和开心的事情：不许笑，不许吃糖果，累了不许休息，还有，不许玩！

你能想象这样的生活吗？所以，毫不奇怪，这里的人都成群结队地逃走了。

最后，只有很少的人留了下来，少到只用两个手指就可以数完：一个女厨师，一个宫廷仆人。趁国王不注意的时候，他俩会互相行一个温柔的吻手礼。只有这样，他们才能勉强忍受在荨麻胡子国王皇宫里的生活。

这一天，女厨师在上菜时不小心出了点岔子。结果呢——“啪”的一声，荨麻胡子国王狠狠地给了她一巴掌。“哎哟！哎哟！”女厨师揉着脸哭个不停。

“受够了！”她收拾自己的东西，离开了皇宫。宫廷仆人也悄悄地跟着她走了，因为他根本无法想象，没有女厨师，没有她的美味奶油蛋糕，自己是否还能在皇宫里捱过哪怕一天的时间。

这下，只剩下荨麻胡子国王一个人了。他不会做饭，只好早饭吃罐头食品，午饭也吃罐头食品，晚饭还吃罐头食品。这太可怕了！荨麻胡子国王变得从未有过地烦躁。这是一种奇怪的感觉，就好像生病了，但他实际上并没有病，只是又伤心又孤独。

他决定，至少得再给自己找一位女厨师。

皇帝煎饼
小小国王专享

一天，路上走来一位欢快的旅行者。她的名字叫葡萄干小姐。看到国王的招聘启事，她用右脚大拇趾碰了碰鞋尖，那是她藏钱的地方。钱已经不多了，只有几个小铜币在里面“叮当”作响。就这样，她走进皇宫，顺理成章地成了宫廷女厨师。

葡萄干小姐非常尽心尽职，但她毕竟不是训练有素的专业厨师。很快，国王就开始挑剔她做的饭菜，在饭厅里把碗碟扔得四处横飞。葡萄干小姐也越来越不知所措了。

她的菜谱再也翻不出新鲜花样了，她打算离开国王走人了。

这时，葡萄干小姐想起了她在旅途中享受过的简单的美味。菜谱的配料全都长在路边：浆果、草籽、鲜花、草药——荨麻也是其中一种。

于是，一天晚上，等国王睡着之后，她手拿一把小剪刀，蹑手蹑脚走进他的卧室。她戴了三副厚厚的手套，因为国王下巴上的荨麻非常危险，会伤人。

咔嚓，咔嚓！她剪下了一把荨麻。荨麻胡子国王并没有察觉，他打着呼噜，翻了个身，继续咕哝着。葡萄干小姐走进厨房，开始工作了。

第二天早上，葡萄干小姐用新鲜出炉、香气扑鼻的荨麻面包迎候国王，面包上涂了厚厚的黄油，还抹了很多果酱。国王津津有味地品尝着，“吧嗒吧嗒”，还发出欢快的哼哼声。

嗯，他喜欢吃！这时，葡萄干小姐发现了一件神奇的事情：在国王的下巴上，她昨晚剪了荨麻的地方，竟然开出了一朵小小的雏菊花！

S
053 17

从此以后，葡萄干小姐每晚都悄悄溜进国王的卧室，从国王的下巴上剪取第二天要用的荨麻。她变着花样用荨麻烹饪出美味的荨麻汤，烤荨麻卷；她用荨麻煮茶，再配上刚出炉的饼干；她把荨麻打成糊，配上土豆和鸡蛋……每次品尝到新菜的时候，国王总是心满意足地大赞："味道好极了！"

葡萄干小姐担任厨师的时间越来越长，国王的心情也越来越好，连他的模样也起了变化。

国王的下巴上突然间开满了虞美人、勿忘我、樱花草和滨菊。一天晚上，当葡萄干小姐剪下最后一缕荨麻胡子时，国王脸上的绿色竟然消失了！

第二天早上，荨麻胡子国王从美梦中醒来，神清气爽。他突然感到一切都变了，变得那么轻松，那么欢快！他忘乎所以地拉着葡萄干小姐转起圈来。他下巴上的鲜花蹭着葡萄干小姐的脸颊，痒痒的。

荨麻胡子国王决定要改变自己的国度。他废除了不合理的法律，彻底改掉了自己的坏脾气。看！ 没多久，人们又回到他的国家生活了。

每天下午，人们都能看到荨麻胡子国王和他的厨师葡萄干小姐一起坐在城堡的花园里，品尝着香甜的葡萄干蛋糕。每当这时，荨麻胡子国王总会朝着葡萄干小姐眨眨眼，幸福地说：“我最喜欢葡萄干了！”

玛丽亚·韦泽（Maria Wieser）

1977年出生，营养学家、草药学家、作家。她的故事中，总是充满了自然的魔力。

卡罗琳娜·诺伊保尔（Karoline Neubauer）

1976年出生，于格拉茨学习平面设计专业，并于萨尔斯堡攻读日耳曼语言文学和艺术史。她曾在出版社从事平面设计工作，2008年开始创作绘本插画。